Für ______________________

Von ______________________

FSC
www.fsc.org
MIX
Papier aus verantwortungsvollen Quellen
FSC® C106107

ISBN 978-3-649-62384-7

Hafenweg 30, 48155 Münster, Germany
Textsatz: Internetlitho, Münster
Covergestaltung: Nieschlag + Wentrup, Münster
Redaktion: Marielle Banker

Printed in Italy

www.coppenrath.de

Alex Steiner

ABSEITSFALLE

Heiterer Krimi für echte Fans

COPPENRATH

HEUTE
IST
EIN
GUTER
TAG
ZUM
LESEN

Tooor!!! Endlich war es so weit. Tor. In der 85. Minute. Christian schossen die Tränen in die Augen. Er schämte sich nicht dafür, als Trainer Gefühle zu zeigen. Es war der erste Treffer für den FC Unterpursfeld. Und so langsam zeigten die Altherren der freiwilligen Feuerwehr Schwächen. Das wurde auch wirklich Zeit.
„Jungs, das drehen wir noch!", rief er von der Seitenlinie. „Wir drehen das! Weiter so!"
Die Anzeigetafel – gerade stand dort noch 0:6 – verkündete nun stolz 1:6. Das erste Tor für Unterpursfeld. Noch fünf Minuten bis zum Abpfiff.
„Jungs, die sind unsicher", rief er. „Die schwimmen! Ihr packt das!"
Er raufte sich die Haare. Es war ein Fehler gewesen, dieses Freundschaftsspiel gegen die freiwillige Feuerwehr. Das sah er inzwischen ein. Eigentlich sollte das Spiel seine Jungs motivieren. Ein haushoher Sieg würde noch einmal alle Reserven für die letzten beiden Spieltage der Kreisliga-Saison mobilisieren, den Jungs den nötigen Schub für die letzten Meter geben. Denn es stand viel auf dem Spiel in der untersten Kreisliga-Klasse. Rein rechnerisch hatte der FC Unterpursfeld zum ersten Mal seit sieben Jahren die

Chance, nicht auf dem letzten Tabellenplatz zu landen. Diesmal wären sie nicht die ewigen Loser. Eine einmalige Gelegenheit, die nicht verschenkt werden durfte. Sollte ihnen das gelingen, würde Christian als Trainer in die Vereinsgeschichte eingehen und der FC Unterpursfeld vielleicht sogar seinen verhassten Spitznamen *FC-Bayern-Pussy* verlieren. Deshalb hatte er dieses Freundschaftsspiel ja auch organisiert – um seinen Jungs einen Sieg zu schenken. Ein kleines Spiel statt eines Trainings ein paar Tage vor der nächsten Herausforderung. Nichts Weltbewegendes, nur ein bisschen Spaß und dazu ein Erfolgserlebnis. Doch nun passierte das komplette Gegenteil: Die Altherren nahmen die Mannschaft auseinander und verpassten ihr eine demütigende Niederlage.
Dominic, der Tollpatsch der Mannschaft, bekam aus für Christian unerfindlichen Gründen plötzlich den Ball vor die Füße. Zwischen ihm und dem Tor der Altherren war nur noch der Torwart.
„Ja!“, rief Christian aus. „Du machst das, Dominic!“ Und redete sich selbst beruhigend zu: „Jetzt ganz ruhig bleiben …“
Dominic hob den Ball über den Kopf des Torwarts. Das allerdings reichte nicht aus, um einen Treffer zu

landen. Also versuchte er, noch einmal nachzuschießen, den Blick fest auf den Ball geheftet. Er bekam sein Bein allerdings nicht annähernd hoch genug, verfehlte ihn und trat dem Torwart stattdessen mitten in den Magen. Der Ärmste ging sofort zu Boden und blieb reglos liegen. Sanitäter mussten den Mann vom Spielfeld schaffen. Für seinen Mannschafts-Tollpatsch bedeutete dieser Verstoß nun die Gelb-Rote Karte. Er musste vom Platz. Mit hängenden Schultern trottete er Christian entgegen.

„Das hätte jedem passieren können, Dominic", munterte Christian ihn auf. „Wirklich jedem. Mach dir keine Vorwürfe." Er klopfte ihm auf den Rücken. „Du hast alles gegeben. Genau solche Leute wie dich brauchen wir im Team."

„Danke, Coach", murmelte Dominic und stellte sich schuldbewusst neben ihn.

Christian sah zur Tribüne, ein mit Holz überdachtes Stück Kiesweg, auf dem circa 20 Menschen Platz fanden. Mittendrin: die wuchtige Erscheinung des übergewichtigen Bernhard Krüger, Wurstfabrikant und wichtigster Sponsor des FC Unterpursfeld, der

auch im Vorstand vertreten war. Sein düsterer Blick war eindeutig. Christian würde sich auf etwas gefasst machen können, wenn diese Tragödie vorüber war. Krüger würde ihn auseinandernehmen.
Vielleicht hätte Christian eine andere Mannschaft für das Freundschaftsspiel auswählen sollen. Aber neben den Altherren der freiwilligen Feuerwehr hatte nur noch eine Blindenmannschaft zur Verfügung gestanden. Die spielte offenbar mit einer Art Klingelball Fußball. Wohlweislich hatte Christian den Blinden abgesagt. Es gab nämlich Niederlagen, die wirklich wehtaten. Das hatte er schmerzlich gelernt, nachdem seine Jungs in einem anderen Freundschaftsspiel von einer Damenmannschaft plattgemacht worden waren.
„Ohne Kevin schaffen wir das nicht", jammerte Dominic.
„Ja, ohne ihn wird es schwer. Du hast ihn nicht zufällig gesehen? Er hat heute nicht mal abgesagt."
„Gestern Abend war er auf der Landjugendparty in der Schützenhalle. Ich bin irgendwann nach Hause gegangen, aber da hat Kevin erst richtig losgelegt."
„Das hätte ich mir denken können."
Wahrscheinlich schlief Kevin noch seinen Vollrausch

aus. Er war ihr bester Spieler, keine Frage. Er konnte ein ganzes Spiel alleine entscheiden. Die stärkste Waffe des FC Unterpursfeld. Doch gleichzeitig war er auch der Partylöwe der Mannschaft. Man wusste nie, ob für ihn nicht andere Dinge Vorrang hatten, wenn Spieltag war.

„Kevin meint, die besten Spiele macht er mit ein paar Bier intus", sagte Dominic.

„Vermutlich stimmt das sogar. Es dürfen nur nicht zu viele Biere sein, denn dann spielt er gar nicht mehr. Wäre ja nicht das erste Mal…"

„Womöglich hat er es einfach vergessen."

Auch das war denkbar. Kevin hatte zwar das sonnige Gemüt eines Lukas Podolski, nur mangelte es ihm an Zuverlässigkeit und Verantwortungsgefühl. Fest planen konnten sie mit ihm nie. Genauso wenig wie sie ohne ihn gewinnen konnten.

„Ich hab Svenja losgeschickt, um ihn zu suchen."

Svenja war eine der Spielerfrauen. Die gute Seele des Vereins. Diejenige, die nie Alkohol trank, damit sie die Jungs nach Partys nach Hause fahren konnte. Die während des Spiels an der Theke aushalf und anschließend für alle etwas zu essen aus dem Fast-Food-Restaurant holte.

„Sie hätte eigentlich längst wieder hier sein sollen. Wahrscheinlich hat sie ihn nicht gefunden."
Einer der Jungs auf dem Feld erlitt erneut einen Ballverlust und Christian brüllte: „Konzentrieren!"
Als wenn das etwas helfen würde. Dominic blickte trostlos aus der Wäsche.
„Coach, wir schaffen's nicht."
„Du meinst, das Spiel noch zu drehen? Nein, wahrscheinlich nicht."
„Ich meine die Punkte, die uns noch fehlen, um den letzten Platz in der Kreisliga loszuwerden."
„Komm schon. Was sind denn das für Töne? Natürlich schaffen wir das. Kevin wird bei beiden Spielen mitspielen, dafür sorge ich höchstpersönlich. Wir sind nur vier Punkte vom vorletzten Platz entfernt. Einmal gewinnen und einmal ein Unentschieden reicht, wenn die Vorletzten beide Spiele verlieren. Oder wir gewinnen zweimal, dann können die Zweitletzten ruhig einmal unentschieden spielen. Wie auch immer: Das ist keine Zauberei. Wir haben eine reelle Chance."
„Ich meine ja gar nicht wegen Kevin, sondern wegen Schiri Günni Müller."
Ja, das war in der Tat ein Problem. Günni Müller, erklärter Fan von Fortuna Oberpursfeld, würde

die letzten beiden Spiele pfeifen. Momentan stand Oberpursfeld noch auf dem vorletzten Tabellenplatz und war damit der Verein, der dem Ziel des FC Unterpursfeld im Weg stand.

„Selbst wenn der Schiri Fan von Oberpursfeld ist, muss er neutral bleiben", meinte Christian. „Das ist schließlich sein Job."

„Ist eben nicht jeder so fair wie du, Coach! Günni hat gestern für Oberpursfeld gepfiffen und auf Facebook gepostet: *Heute Heimsieg feiern!* Und das hat er vor dem Spiel ausposaunt."

Es war wirklich ein grausamer Fußballgott gewesen, der ihnen ausgerechnet Günni Müller für die beiden Spiele zugeteilt hatte. Er war kein Vereinsmitglied bei Oberpursfeld, lebte nicht einmal im Nachbarort und wurde ihnen deshalb als Schiri zugeteilt, auch wenn sie ihm natürlich unterstellten, alles andere als neutral zu sein.

„Wir schaffen das", wiederholte Christian unbeirrt. „Ganz egal, wer pfeift. Wir werden siegen. Hast du mich verstanden?"

Ein Raunen ging durch die Zuschauerreihen. Christian hatte das Spiel aus den Augen verloren. Er sah gerade noch, wie der Ball durch die Beine seines Tor-

warts kullerte und hinter der Torlinie zum Stehen kam. Ein weiteres Tor für die freiwillige Feuerwehr. Jetzt stand es 1:7. Noch ehe der tosende Beifall vorüber war, pfiff der Schiedsrichter. Das Spiel war zu Ende. Sie waren vernichtend geschlagen. Und so sahen seine Jungs auch aus. Mit hängenden Schultern und ihren vom Reinfall gezeichneten Gesichtern schlurften sie vom Spielfeld. Peinlich darauf bedacht, den Rasen anzustarren, um ja keinen Blickkontakt mit den Fans und ihrem Trainer zu riskieren. Sie wollten nur noch in die Kabine und ihre Wunden lecken.
Krüger, der Wurstfabrikant, schob ein paar Zuschauer zur Seite und trabte wutschnaubend auf Christian zu. Der wollte jetzt lieber zu seinen Jungs, um sie aufzubauen. Aber der Sponsor würde sich bestimmt nicht vertrösten lassen. Am besten brachte er es schnell hinter sich.
„Coach!", rief eine vertraute Stimme hinter ihm.
Christian drehte sich um. Es war Svenja, die sich ihren Weg zwischen den Spielern hindurchbahnte. Kevin war nicht bei ihr. Doch das Spiel war jetzt ohnehin entschieden. Er hätte ihm trotzdem gerne den Marsch geblasen.

„Coach, ich weiß, wo Kevin ist", sagte sie und wirkte dabei ziemlich verstört.
„Ach ja? Und wo ist er? Noch im Auto?"
„Nein, nein! Er ist ..."
Krüger tauchte neben ihnen auf. Gerade wollte er sich Christian als Punchingball für einen cholerischen Anfall vornehmen, da ließ Svenjas schockierter Gesichtsausdruck ihn innehalten.
„Günni Müller ist tot", platzte sie heraus.
Das saß. Weder Krüger noch Christian fanden so schnell ihre Sprache wieder.
„Sie haben seine Leiche im Steinbruch gefunden", sagte Svenja. „Er ist von einer Klippe gefallen und hat sich das Genick gebrochen."
Natürlich war das ein Schock. Günni war gerade einmal 40 Jahre alt gewesen. Doch dann fuhr Christians Herz auch schon Achterbahn. Ja, es war wirklich nicht in Ordnung, so zu denken, aber ihre Chancen für die letzten beiden Spiele hatten sich damit extrem verbessert. In gewisser Weise waren das also gute Neuigkeiten. Er durfte jetzt nur nicht losjubeln, sondern musste irgendwie eine betroffene Miene aufsetzen.
„Das scheint aber nicht alles zu sein, oder?", kam es von Krüger.

„Nein." Svenja wirkte nun regelrecht verzweifelt. „Da ist noch etwas. Sie haben Kevin. Die Polizei hat ihn ebenfalls im Steinbruch gefunden, natürlich lebendig. Und er gilt als dringend tatverdächtig!"
Während die beiden Männer mit offenem Mund dastanden, fasste Svenja den Kern dieser Botschaft zusammen.
„Kevin wird an beiden Spielen nicht teilnehmen können. Das war's. Wir werden nie den letzten Platz verlassen!"

Christian nahm in Krügers fettem Mercedes Benz auf dem Beifahrersitz Platz. Es war kein besonders gutes Gefühl, auf so engem Raum mit ihm alleine zu sein, noch dazu in seinem Hoheitsgebiet.
„Das wollen wir doch mal sehen", wütete Krüger, der sich mit seinem enormen Körperumfang hinters Steuer zwängte. „So weit kommt es noch, dass die unseren besten Spieler einbuchten! Lass mich das mal machen, Christian. Ich hole Kevin schon aus dem Knast."
Er startete den Motor und schoss mit quietschenden Reifen in Richtung Polizeiwache. Im Vorbeifahren entdeckte Christian gerade noch seine Freundin

Claudia am Wurststand. Die Enttäuschung über das verlorene Spiel war ihr deutlich anzusehen. Der Anblick versetzte ihm einen Stich. Claudia war einer der größten Fans vom FC Unterpursfeld. Und als Trainer hatte er diese Niederlage zu verantworten. Zu Hause würde das zweifellos auf ihn zurückfallen. Er hatte sie einfach nicht verdient, dachte er frustriert. Die heißeste Frau in Unterpursfeld. So lange er denken konnte, waren alle Jungs im Dorf hinter ihr her gewesen. Eine richtige Klassefrau. Bis heute hatte er nicht verstanden, warum sie überhaupt mit ihm zusammen war. Er fühlte sich wie der glückliche Trottel, der ohne Zutun den Hauptgewinn ergattert hatte.

Sie so enttäuscht zu sehen, war doppelt heftig. Denn Christian wollte auch ihretwegen den FC Unterpursfeld auf den vorletzten Platz hieven. In der Stunde des Triumphs, auf dem Feld seines Sieges, plante er nämlich, ihr einen Heiratsantrag zu machen. Deshalb war der Ausgang der Saison auch so wichtig für ihn. Andernfalls würde Claudia seinen Antrag sicher nicht annehmen.

„In ein paar Tagen ist das Spiel gegen Schwarz-Weiß Bolzheim“, wütete Krüger, der beängstigend schnell

durch den Ort jagte. „Ohne Kevin können wir da einpacken."
„Vorsicht, Kurve!"
„Du hast ja heute gesehen, was der Rest der Mannschaft bringt. Wir brauchen mindestens ein Unentschieden."
„Hier ist rechts vor links!"
„Einen Punkt gegen Schwarz-Weiß Bolzheim und dann einen Sieg im letzten Spiel gegen Fortuna Oberpursfeld. Vier Punkte für uns, während Oberpursfeld gleichzeitig keinen macht. Dann haben wir es geschafft. Dann sind *wir* Vorletzter."
Christian klammerte sich an den Haltegriff. Er fragte sich ängstlich, wie so ein Benz nach einem Unfall mit 120 Sachen aussähe.
„Oberpursfeld verliert am Sonntag gegen TSV Bergenbach, ganz sicher. Aber wir müssen trotzdem wenigstens einen Punkt im Spiel gegen Bolzheim machen. Wir *müssen*!"

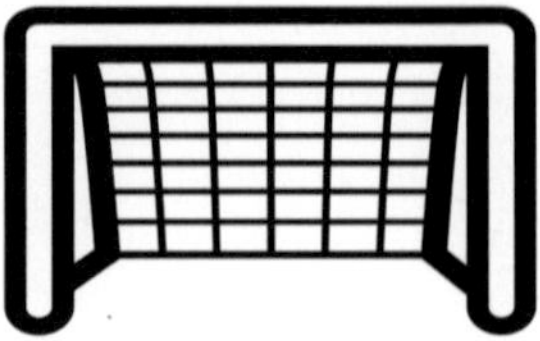

Er schoss bei Rot über die Ampel und nahm in rasantem Tempo eine Kurve. Christian schickte ein Stoßgebet zum Himmel.

„Christian!“, donnerte Krüger los. „Sag doch auch mal was!“
„Wir müssen am Sonntag einen Punkt machen.“
Er hoffte inständig, dass das nicht seine letzten Worte sein würden.
„Sag ich doch. Und deshalb brauchen wir Kevin.“
Glücklicherweise tauchte die Polizeiwache vor ihnen auf und Krüger machte eine Vollbremsung, die ihn eine Menge Gummi kostete. Stöhnend wuchtete er seinen Körper aus dem Wagen und marschierte sofort in die Wache.
Christian folgte ihm mit weichen Knien. Nie im Leben würde er wieder zu Krüger ins Auto steigen.
In der Wache war nicht viel los an diesem Samstagnachmittag. Manfred Voigt, ein ehemaliger Mitschüler von Christian und diensthabender Polizeiobermeister im Ort, hockte an seinem Tisch und las gerade den Sportteil der Lokalzeitung.
„Voigt!“, brüllte Krüger wie ein Oberst der Bundeswehr, der seine Rekruten strammstehen lässt. „Du hast einen Spieler von uns. Kevin Sievert. Ich will ihn wiederhaben.“
Manfred sah auf wie ein vollgefressener Hund, der bei seinem Nickerchen gestört worden war: träge, wider-

willig und völlig verständnislos. „Du sollst Kevin freilassen! In ein paar Tagen ist das Spiel gegen Schwarz-Weiß Bolzheim. Das weißt du doch hoffentlich?"
Natürlich wusste Manfred das. Er war selbst einmal Spieler beim FC Unterpursfeld gewesen. So etwas ließ man nicht einfach hinter sich.
Trotzdem war das hier etwas anderes. Er war schließlich auch Polizist und das ging vor.
„Spinnst du, Krüger? Ich kann den nicht freilassen. Außerdem ist er schon im Polizeipräsidium in der Kreisstadt. Soll ich bei der Kripo einsteigen und ihm beim Ausbruch helfen?"
Krüger plusterte sich bereits auf, doch Christian ging eilig dazwischen.
„Was ist denn überhaupt passiert?", fragte er, um die Situation zu entschärfen. Ein Wutausbruch würde hier bestimmt nicht zum Ziel führen. „Das ist doch sicher ein Missverständnis, oder?"
„Kevin Sievert hat gestern auf der Landjugendparty überall rumgebrüllt, dass Günni Müller ein korruptes Arschloch sei", sagte Manfred. „*Den bring ich um*, hat er gerufen. Dann ist er total aufgebracht los, um ihn zu suchen. Tja, und heute Morgen findet man Günnis Leiche im Steinbruch. Von einer Klippe

gestürzt. Und Kevin liegt oben auf dem Abhang im Gras und schläft seinen Rausch aus."
Krüger und Christian wechselten schweigend Blicke. Eine üble Geschichte. Unter diesen Umständen würden sie Kevin wahrscheinlich nicht so schnell wiedersehen. Doch Krüger wollte noch nicht aufgeben.
„Das Spiel ist Sonntagfrüh um zehn", sagte er verschwörerisch. „Komm schon, Manfred. Können wir ihn uns nicht ausleihen? Bloß für zwei Stunden. Und nach dem Spiel bringen wir ihn einfach wieder zurück."
„Nein!", empörte sich Manfred.
„Du bist doch Vereinsmitglied und weißt, worum es geht! Du kannst uns jetzt nicht hängen lassen. Nur für zwei Stunden. Vertrau mir!"
„Du bist wohl verrückt geworden! Kevin Sievert sitzt in Untersuchungshaft."
„Deine Frau macht doch die Pfarrbücherei. Da sind die Mittel immer knapp, oder? Ich könnte mit einer Spende aushelfen. Damit ließe sich eine Menge neuer Bücher beschaffen."
„Das habe ich in deinem Interesse nicht gehört. Sonst könnte ich dich wegen versuchter Bestechung eines Polizeibeamten anzeigen."

„Bestechung?“ Krügers Kopf lief rot an. Seine Halsschlagader trat beunruhigend hervor. „Du denkst also, ich will dich bestechen? Was glaubst du denn, wen du vor dir hast? Ich hab den Verein schon gesponsert, da hast du noch in die Windeln gemacht. Bestechung! Eine Unverschämtheit! Du warst doch nie mehr als ein durchschnittlicher Verteidiger. Kannst froh sein, dass du überhaupt mitspielen durftest!“
Kurz darauf fanden sich Christian und Krüger auf der Straße wieder. Manfred hatte sie tatsächlich vor die Tür gesetzt. Krüger war immer noch außer sich.
„Sprich du mit ihm“, befahl er. „Du warst mit ihm in der Schule. Auf dich hört er.“
„Krüger, ich glaube nicht, dass …“
„Du sprichst mit ihm!“, brüllte er. „Und sorg dafür, dass Kevin bei den letzten beiden Spielen dabei ist. Und wenn nicht …“, seine Stimme wurde gefährlich leise, „ … wenn nicht, dann war das deine letzte Saison und du bist die längste Zeit Trainer gewesen.“

Die Altherren der freiwilligen Feuerwehr feierten ihren Sieg am Bierzelt. Von seinen Jungs war weit

und breit nichts zu sehen. Sicher waren sie noch in der Kabine. Christian steuerte das Vereinsheim an. Da entdeckte er Julia, eine Freundin von Claudia, am Würstchenstand.
Julia gehörte zu denen, die zwar keine Ahnung von Fußball hatten, aber trotzdem jedes Wochenende auf dem Sportplatz waren. Sie zog gerne ihr körperbetontes Fan-Shirt vom FC Unterpursfeld an (immer eine Nummer zu klein), feuerte den Verein an, sorgte allgemein für gute Laune und quatschte während des Spiels mit ihren Freundinnen. Solange sie – was ab und zu schon mal passierte – nicht aus Versehen bei einem gegnerischen Tor in Freudenschreie ausbrach, störte sich keiner daran.
„Wo ist denn Claudia?“, fragte er.
„Nach Hause gegangen“, sagte Julia und machte ein betretenes Gesicht. „Sie sagte, sie will alleine sein. Wegen des Spiels. Sie war ziemlich fertig.“
„Aber … es war nur ein Freundschaftsspiel!“
„Claudia meint, beim Spiel am Sonntag wird es genauso sein.“
Das war ein schwerer Schlag. Claudia hatte also die Hoffnung auf den vorletzten Tabellenplatz verloren.
„Hat sie gesagt, ob ich nach Hause kommen soll?“

„Nein, aber … ganz ehrlich, Coach. Vielleicht kannst du heute Nacht bei einem Kumpel schlafen oder so? Ich glaube, das wäre besser."
Christian fühlte sich wie ein geprügelter Hund. Wenn er jetzt auch noch seinen Job als Trainer verlieren würde, wäre er Claudia bestimmt endgültig los.
Er fand seine Jungs in der Umkleidekabine. Sie hockten in ihren schmutzigen Fußballklamotten auf den Bänken und ertränkten den Kummer in Alkohol. Zwischen ihnen stand ein Kasten Bier und eine Flasche Jägermeister.
„Kommt schon, Leute", wollte er sie aufheitern. „Das ist wie beim Spiel Deutschland – Brasilien bei der WM 2014. 7:1 – können die Brasilianer deswegen keinen Fußball spielen? Natürlich können sie das. Es hatte andere Gründe. Wir müssen einfach unsere strategischen Fehler beheben."
„Du meinst damit, wir müssen Kevin auf dem Spielfeld haben."
„Darum geht es gar nicht. Ich will doch nur sagen, es ist *keine* Schande. Hört ihr?"
Natürlich war es eine Schande, dachte Christian. Aber das hätte er niemals laut gesagt.

„Ich weiß nicht, Coach“, kam es von Leon, einem der Mittelfeldspieler. „Das waren die Altherren der freiwilligen Feuerwehr. Kann man noch tiefer sinken?“
Christian war nur froh, dass er seine Jungs nicht gegen die Blindenmannschaft hatte antreten lassen.
„Hier kann sich keiner mehr draußen sehen lassen“, setzte Leon nach.
„Vorsicht, Leon. Noch bist du Teil der Mannschaft.“
„Ja. *Noch.* Aber nicht mehr lange. Zum Glück.“
Das bescherte ihm einige böse Blicke. Ihr Mittelfeldspieler war nun einmal illoyal, das wussten alle. In der letzten Saison hatte er noch für eine andere Mannschaft gespielt und in der nächsten würde er wieder zu einer anderen wechseln. Ein typischer Vereinsspringer. Christian hatte den Verdacht, dass Leon nur hier war, weil Krüger ihm vor der Saison ein paar Scheine zugesteckt hatte. Doch das war ihm egal. Sollte das der Fall gewesen sein, so war das Geld gut investiert. Leon war nämlich kein schlechter Spieler. Aber ganz allein ohne Kevin konnte er eben auch nichts ausrichten.
„Was war denn das mit der Gelb-Roten Karte?“, meinte Leon. „Dem Torwart in den Magen treten!

Geht's noch? Was ist das für eine Mannschaft hier?"
Dominic lief augenblicklich rot an.

„Das kann jedem mal passieren", insistierte Christian. „Dominic trifft keine Schuld. Er hat sein Bestes gegeben."

„Coach!", ertönte eine dunkle Stimme. „Stimmt es, dass Kevin Günni Müller umgebracht hat?"

Das war Jonas gewesen, genannt Werwolf, weil seinetwegen schon eine Menge Blut auf dem Spielfeld geflossen war. Er war wie eine Dampfwalze, dabei immer schlecht gelaunt und ziemlich humorlos. Ein wichtiger Spieler also, denn auch wenn er dem Verein viele Rote Karten verschaffte, so löste er doch beim Gegner Angst aus, was wiederum Gold wert war.

„Nie im Leben", kam es von Dominic. „Ich habe Kevin gestern doch auf der Party gesehen. Der war viel zu besoffen, um Günni umzubringen!"

„Es muss ein Unfall gewesen sein!", sagte ein anderer. „Der Steinbruch ist doch Wandergebiet. Vielleicht ist Günni Müller einfach beim Spazieren abgerutscht."

Christian bemerkte, wie Jonas, der Werwolf, und Leon, der Vereinsspringer, unauffällig finstere Blicke

austauschten. Als wüssten die irgendetwas über die Sache. Dabei hatten die beiden doch sonst nichts miteinander zu tun. Freunde waren sie jedenfalls nicht.
„Was sagt denn Kevin dazu?“, fragte Dominic.
Christian hatte nicht richtig zugehört. „Hm?“
„Was Kevin dazu sagt.“
„Frag mich mal was Leichteres. Im Moment wird er von der Mordkommission vernommen. Wir wissen noch nichts Genaues. Vielleicht ist er ja Sonntagfrüh wieder aus der Haft entlassen.“
Er sah zu Jonas und Leon. Beide wirkten jetzt so unbeteiligt wie zuvor. Vielleicht hatte er sich das gerade ja nur eingebildet.
Schweigen breitete sich in der Kabine aus. Die Stimmung war auf dem Tiefpunkt.
„Leute, jetzt reißt euch zusammen. Wir werden das packen. Bolzheim ist nicht unbesiegbar.“
Es brauchte eine Motivationsrede, so viel war klar. „Ihr wisst doch, wie es heißt: Niemand, der jemals sein Bestes gegeben hat, hat es später bereut. Oder so ähnlich. Sonntag wird sich alles entscheiden!“ Er hob seine Stimme, legte Pathos hinein und stellte sich vor, wie im Hintergrund dramatische Filmmusik lief. „Wir werden aus guter Defensive heraus

ein schnelles Passspiel auf den Rasen legen, Jungs. Das ist eine einmalige Chance. Wir können aus dieser Hölle aufsteigen."

Es funktionierte. Er hauchte seiner Truppe wieder Leben ein. Da war sogar Stolz in ein paar Augen zu erkennen.

„90 Minuten", rief er. „Ich weiß, Schwarz-Weiß Bolzheim ist ein harter Kontrahent. Wenn wir zehnmal gegen sie spielen, würden sie bestimmt neunmal gewinnen. Aber ab jetzt wird alles anders. Sonntag werden sie es bereuen, uns jemals als Gegner gehabt zu haben!"

Er hatte es geschafft! Jubel brandete auf. Die Jungs fielen sich in die Arme, hoben die Bierflaschen. Die Angst war verflogen.

Christian ließ seinen Blick zufrieden über die Mannschaft schweifen. Seltsam, es klappte immer wieder. Dabei wusste er doch ganz genau: Sie hatten keine Chance. Sie würden verlieren. Und er wäre danach nicht nur seinen Trainerposten los, sondern aller Wahrscheinlichkeit nach auch die Frau, die er liebte.

Christian hatte tatsächlich in der Polizeiwache noch einmal mit Manfred gesprochen, nachdem Krüger in seinem Benz abgehauen war. Schließlich ging es um seine Zukunft als Trainer. Er hatte versucht herauszufinden, ob es nicht doch irgendeine Möglichkeit gab, Kevin fürs Spiel zu bekommen. Doch auch in einer gesitteten Atmosphäre ohne Krügers Wutausbrüche war keine Hoffnung aufgekommen. Was dachte Krüger sich eigentlich? Als wenn er Manfred dazu überreden könnte, einen Mordverdächtigen aus der Untersuchungshaft zu holen, nur weil der damals sein Klassenkamerad gewesen war. Nein, es gab nur eine Möglichkeit, aus Kevin einen freien Mann zu machen, auch wenn Krüger das so nicht gemeint hatte: Christian musste den wahren Mörder finden. Sollte Kevin nämlich wirklich unschuldig sein, wie Dominic vermutete, dann hatte jemand anderes den Schiri in den Abgrund gestoßen. Und genau den musste Christian ausfindig machen, denn dann würde Kevin automatisch freigelassen.

Am Wurststand war immer noch eine Menge los. Die Altherren der freiwilligen Feuerwehr grölten ihre Siegeshymnen. Auch die Männer aus Unterpursfeld hatten inzwischen genug intus, um die Niederlage ihres Vereins zu vergessen. Ein paar Mädels waren ebenfalls noch da, wie Christian feststellte. Er hatte Glück und fand Svenja zusammen mit Julia am Tresen. Es war nämlich so: Wenn einer die Wahrheit wusste, dann Svenja. Keiner sonst war so gut über das informiert, was in der Mannschaft vor sich ging.

Julia zog gerade ein paar bunte Cheerleader-Puschel aus einer Tüte und präsentierte sie ihrer Freundin.

„Wir studieren damit einen Tanz ein", sagte Julia begeistert. „Und den führen wir in der Pause auf. Es gibt doch immer eine Pause, oder? Wäre das nicht toll?"

„Du meinst die Halbzeit", sagte Svenja skeptisch. „Ich weiß nicht. Das ist Kreisliga-Fußball. Kein American Football."

„Ist doch egal. Das macht Spaß, wirst schon sehen. Und wir können tolle T-Shirts dabei tragen."

Christian wollte lieber nicht sagen, was er von der Idee mit den Cheerleadern hielt. Er hatte im Moment andere Probleme.

„Svenja, hast du kurz Zeit für mich? Ich muss dich mal was fragen. Aber unter vier Augen …"

Julia wirkte zuerst überrascht, dann beleidigt. Dass sie bei Vereinsinterna außen vor bleiben sollte, leuchtete ihr nicht ein. Schließlich jubelte sie dem Verein seit Jahren bei jedem Spiel zu. Aber Christian blieb hart.

„Sorry, Julia. Dauert nur zwei Minuten."

Er führte Svenja hinter den Wurstwagen, wo sie hoffentlich keiner hörte. Er wollte es mit einer Überrumpelungstaktik probieren.

„Svenja. Du musst ganz ehrlich sein: Ist Kevin derjenige, der Günni Müller umgebracht hat?"

„Ich … ich weiß nicht, Coach. Ehrlich nicht."

Schnell setzte sie ein unschuldiges und argloses Gesicht auf. Doch das Ganze war leicht zu durchschauen.

„Du hast doch die Jungs gestern nach der Landjugendparty nach Hause gefahren, oder nicht?"

„Schon", antwortete sie zögernd. „Aber nicht alle. Einige wollten früher nach Hause. Und andere haben richtig Party gemacht. Kevin zum Beispiel."

„Hast du Kevin später noch gefahren?"

„Nein. Der ist irgendwann einfach abgehauen."

„Hat er wirklich gedroht, Günni Müller umzubringen?"

„Na ja. So in der Art zumindest … Aber du kennst doch Kevin. Der hatte einfach zu viel getrunken."

„Traust du es ihm denn prinzipiell zu, dass er dem Schiri das Licht ausknipst?"
„Ich weiß nicht", sagte sie voller Unbehagen und warf abrupt ein: „Günni Müller war nirgendwo beliebt. Es gibt also eine Menge Leute, die ein Motiv hätten!"
„Ja. Das wären dann alle hier bei uns im Verein. Na, herzlichen Glückwunsch. Heißt das, einer von uns ist ein Mörder oder war es doch bloß ein Unfall?"
„Nicht unbedingt. Der Täter könnte auch einer von Fortuna Oberpursfeld gewesen sein."
„Die wären schön blöd, so kurz vor Saisonende den Schiri umzulegen, der ihnen den vorletzten Platz erhält."
Er bemerkte Svenjas wissenden Blick.
„Okay, sag schon. Was weißt du über Oberpursfeld?"
„Günni Müller hat gerne Mädels angegrapscht, wenn er einen im Tee hatte. Auch vor den Spielerfrauen hat er nicht haltgemacht. Du kannst dir vorstellen, was da los war. Außerdem hat er gerne den Ober-Macho raushängen lassen und sich auf Partys ständig danebenbenommen. Neulich hat er sogar eine Schlägerei angezettelt. Ich sag dir – in Oberpursfeld hatten einige einen ziemlichen Hals auf Günni. Die haben

ihn nicht mal mehr zu einer Vereinsparty eingeladen."
Christian war beeindruckt. „Woher weißt du das alles?"
„Ich bin die Einzige, die immer nüchtern ist."
Voller Unbehagen fragte er sich, was er angetrunken wohl schon so alles ausgeplaudert hatte, an das er sich am nächsten Morgen nicht mehr erinnern konnte. Ob Svenja auch seine Geheimnisse kannte?
„Kannst du dich mal umhören, was in Oberpursfeld los ist?"
Sie grinste verschwörerisch. „Klar, Coach. Heute Abend wollen ein paar der Jungs nach Oberpursfeld in die Disco. Ich finde schon heraus, ob die was zu verbergen haben!"
„In die Disco? Macht nicht so lange. Sonntag ist ein wichtiges Spiel!"
„Deswegen komme ich ja mit. Ich bring die Jungs sicher nach Hause."
„Ach, Svenja. Was wären wir nur ohne dich."
Sie machte Anstalten, zu Julia zurückzugehen.
„Warte, Svenja. Nur noch mal zur Sicherheit: Du hast Kevin gestern also nicht nach Hause gefahren und auch später nicht mehr gesehen?"
„Nein. Der war weg."
„Aber die anderen Spieler hast du mitgenommen?"

Sie nickte zögernd und wich seinem Blick aus.
„Alle?", hakte er nach.
„Fast alle. Außer Leon und Jonas. Die sind auch früher gegangen. Hatten anscheinend keine Lust auf die Party."

Am Morgen vor dem Spiel war Christian ganz flau im Magen. Er hatte kaum geschlafen. Kevin war immer noch in Untersuchungshaft. Sie würden heute ohne ihn spielen müssen. Im Unterpursfelder Fanblock herrschte Unruhe. Alle diskutierten über den Mordfall und die Unfähigkeit der Polizei, wegen der sie jetzt auf Kevin verzichten mussten. Denn dass ihr Topspieler nichts mit dem Mord zu tun hatte, darüber herrschte absolute Einigkeit.
Mittendrin stand Krüger. Er wirkte angespannt. In seinen Augen lag beinahe so etwas wie Angst, seine Kiefer mahlten grimmig und unablässig, während er aufs Spielfeld starrte. Zum Glück schien er so sehr mit seinen düsteren Gedanken beschäftigt zu sein, dass er Christian nicht bemerkte.
Schwarz-Weiß Bolzheim marschierte auf. Vom FC Unterpursfeld war noch nichts zu sehen. Die Tür vom Vereinsheim blieb geschlossen.

„Was ist los, Coach?“, fragte Schiri Bernd Keppler, der träge und lauffaule 150 Kilo schwere Ersatz für Günni Müller. Ein Schiri, der sich bekanntermaßen mehr für den Bratwurststand interessierte als für die Spiele, die er pfiff. Christian war sich noch nicht sicher, ob das ein Vor- oder ein Nachteil für sie war.
„Wo bleiben deine Jungs?“, fragte Keppler. „Wir wollen anfangen. Ich hab Hunger und wir haben noch 45 Minuten bis zur Halbzeit vor uns.“
„Die kommen sofort“, sagte Christian, dem nun der Schweiß ausbrach. „Dominic hat sich gestern Nachmittag beim Training die Nase gebrochen. Er war gerade noch beim Arzt, wegen des Verbands und so. Muss jede Sekunde hier sein.“
Das war eine faustdicke Lüge, aber irgendwie musste er die Saison ja noch retten.
„Kann sich das nicht euer Sani angucken?“, fragte Keppler. „Dafür ist Michi doch hier.“
Michi hockte mit seiner Sanitätsjacke wie immer bestens gelaunt mit einem Bier in der Hand und ein paar Kumpels um sich herum an der Seitenlinie. Das Einzige, was er in seiner Sanitätstasche hatte, waren Pflaster und Eisspray.

„Der Junge hat sich die Nase gebrochen“, sagte Christian ärgerlich. „Bernd, die *Nase*! Michi würde selbst bei einem Wirbelsäulenbruch nur Eisspray draufsprühen.“
„Ja, ja. Meinetwegen. Fünf Minuten, dann seid ihr hier. Mein letztes Wort.“
Christian atmete durch und joggte zurück zur Kabine. Hoffentlich ging sein Plan auf. Es war das Einzige, das ihm auf die Schnelle eingefallen war, nachdem feststand, dass Kevin nicht dabei wäre.
In der Kabine hatte sich die gesamte Mannschaft um einen Stuhl herum versammelt. Als sie Christian bemerkten, gaben sie den Weg auf die Person auf dem Stuhl frei, der gerade noch ein Gesichtsverband angelegt worden war. Kurze blonde Haare, stämmige Beine, blasse Haut, dazu das Trikot vom FC Unterpursfeld mit der Nummer 9. Keine Frage, das da auf dem Stuhl war Dominic.
„Coach? Sehe ich wirklich so aus?“, fragte Dominic, der hinter ihm auftauchte. „Denkst du, das funktioniert?“
„Es ist perfekt. Einfach großartig.“
Christian bemerkte Dominics unglückliches Gesicht.

„Du bist ein guter Spieler“, sagte er eindringlich. „Einer der besten, die wir haben. Nur heute, Dominic … heute geht's halt um was.“
Die anderen Jungs wirkten ebenfalls nicht wirklich zufrieden mit der Situation. Sie standen mit verschränkten Armen da, blickten skeptisch oder kratzten sich an den Bartstoppeln. Christian beugte sich vor und betrachtete den Spieler mit dem Nasenverband.
„Wie geht's dir, Gina?“, fragte er.
Sie hob den Daumen und grinste.
„Bist du bereit?“
„Und wie! Machen wir sie platt!“
Keiner würde merken, dass Gina unter dem Gesichtsverband steckte, davon war er überzeugt. Er saß bombenfest.
Natürlich fanden die Jungs es nicht so toll, dass eine Frau mit ihnen spielen sollte. Auch wenn die sich sogar die Brüste abgebunden hatte, um wie Dominic auszusehen. Doch es war quasi unmöglich gewesen, einen passenden Ersatz für Kevin zu finden. Lutz, ihr Ersatzspieler, konnte diese Lücke jedenfalls nicht füllen. Wie auch? Wenn es einer bei Unterpursfeld nur bis zum Auswechselspieler brachte, dann sprach das für sich. Darum der Trick mit Gina. Bei ihr

klappte nicht nur die Täuschung, sie war noch dazu die Torjägerin der Damenmannschaft.

Leon, der Vereinsspringer, wirkte besonders angefressen von der Situation.
„Hast du ein Problem, Leon? Dann sag es jetzt."
Er ballte die Fäuste. „Nein, nein. Alles gut, Coach."
Leon hielt nicht besonders viel von Frauenfußball, obwohl seine Freundin ebenfalls in der Damenmannschaft spielte. Er durfte schon zu Hause nichts gegen kickende Frauen sagen, wenn er sich keinen Beziehungsstress einhandeln wollte. Und jetzt ging es ihm auch noch hier an den Kragen.
„Wenn ihr also kein Problem habt", fuhr Christian fort und legte erneut Pathos in seine Stimme, „dann kann es ja losgehen. – Ein Spiel. 90 Minuten. Entweder bestehen wir als Team oder wir bleiben im Tabellenkeller. Ihr wisst, was das heißt: Fegt sie vom Platz!"
Er schaffte es wieder: Ein Beifallssturm brach los. Wie er seine Jungs kannte, vergaßen die ohnehin in der Hitze des Gefechts, dass es Gina war, die mit ihnen spielte. Sie würden sie wie Dominic behandeln.
„Dominic, du versteckst dich auf der Toilette. Wir

sehen uns in 90 Minuten. Und dann bekommst du den Verband. Den musst du wohl oder übel ein paar Wochen lang tragen."

Die Jungs liefen hinaus auf den Platz. Der Gesichtsverband von Gina wirkte furchterregend, wie Christian amüsiert feststellte. Das würde die gegnerische Mannschaft sicher einschüchtern.

Auf den Rängen erhoben sich die Fangesänge vom FC Unterpursfeld. Er entdeckte Claudia auf der Tribüne. Seit der Niederlage gegen die Feuerwehr hatte Christian sie nicht mehr gesehen. Er hatte Julias Rat angenommen und bei einem Kumpel übernachtet. Claudia erspähte ihn ebenfalls. Ihr Blick war unergründlich. Er hätte nicht sagen können, wie es um ihre Beziehung stand. Nur eins wusste er ganz sicher: Er brauchte heute das Unentschieden. Sonst sähe es zappenduster aus.

Es folgte der Anpfiff. Noch ehe seine Jungs sich richtig warmgelaufen hatten, war Rolando von Schwarz-Weiß Bolzheim am Ball. Eigentlich hieß er nicht Rolando, sondern Roland. Er hätte mindestens eine Klasse höher spielen müssen, wenn nicht zwei. In der untersten Kreisliga fühlte es sich dadurch immer so an, als wäre der echte Ronaldo auf dem Platz. Er tänzelte an ihrer behäbigen Abwehr vorbei und – Tor. 1:0 in der dritten Minute.

Das Beste, was Christian über den weiteren Verlauf des Spiels sagen konnte, war: Die Jungs schafften es irgendwie, keinen zweiten Treffer zu kassieren. Hauptsächlich hatte das mit Glück zu tun, denn Schwarz-Weiß Bolzheim war ihnen haushoch überlegen. Kurz vor Ende der zweiten Halbzeit überschlugen sich dann jedoch die Ereignisse: Jonas, der Werwolf, foulte Rolando so, dass der vom Platz musste. Der übergewichtige Schiri war da längst zu müde zum Laufen gewesen, hatte nichts gesehen und gab nur einen Freistoß für Bolzheim. Ihr Fanblock quittierte das mit tosendem Beifall. Julia holte sogar ihre Puschel heraus und sprang zur Seitenlinie, doch Claudia hielt sie zurück und machte ihr klar, dass man die Verletzung eines Gegenspielers nicht betanzte. Dominic – oder vielmehr Gina – kämpfte sich danach mit einem Überraschungsangriff durch die Linien, schrammte haarscharf am Abseits vorbei und schoss: Tor. 1:1. Minuten später folgte der Abpfiff.

Was dann passierte, war unvorstellbar. Der Fanblock vom FC Unterpursfeld stand regelrecht kopf.

Sie hatten ein Unentschieden geholt. Von jetzt an durfte geträumt werden! Sogar Claudia warf Christian begeistert Kusshände zu.
Der wollte zu ihr rübergehen und sich seine Belohnung abholen, als plötzlich Manfred Voigt hinter ihm auftauchte. In Uniform und mit ernstem Gesicht.
„Christian, es tut mir sehr leid, aber …"
„Ist was mit Kevin?"
„Ich muss dich festnehmen wegen Mordes an Günni Müller. Alles, was du jetzt sagst, kann vor Gericht gegen dich verwendet werden."

Das Büro in der Dorfwache war zu einem Vernehmungsraum umfunktioniert worden, in dem sich die beiden angereisten Kommissare von der Kripo breitgemacht hatten – ein kleiner Dicker mit roten Wangen und eine blonde Frau in den Vierzigern, die Christian an seine alte gutmütige Grundschullehrerin erinnerte. Eigentlich sahen sie ja ganz nett aus. Doch das änderte sicher nichts daran, dass der Umstand, weshalb er hier war, alles andere als nett war.
„Ich bin festgenommen?", fragte er sauer. „Wegen Mordes? Können Sie mir bitte mal erklären, wie Sie

darauf kommen, dass ich Günni Müller umgebracht haben könnte?"

„Sie sind nicht festgenommen." Der kleine Dicke wirkte nun seinerseits überrascht. „Wir wollen Sie nur befragen. Hat man Ihnen das denn nicht gesagt?"

Manfred, der ihn hergebracht hatte, guckte ziemlich begriffsstutzig. Offenbar hatte er da etwas falsch verstanden.

„Ich dachte…", sagte er. „Nichts für ungut, Christian. Kann passieren."

„Lassen Sie uns bitte allein, Herr Voigt", kam es von der Grundschullehrerin. „Vielen Dank. Wir kommen jetzt ohne Sie klar."

Manfred verzog sich aus dem Büro und Christian nahm am Vernehmungstisch Platz.

„Wie gesagt, wir möchten Ihnen im Zusammenhang mit dem Tod von Günther Müller nur ein paar Fragen stellen."

„Sehr gerne. Kevin war das nämlich nicht. Sie haben den Falschen eingebuchtet. Und ich sage das nicht nur, weil ich ihn für das nächste Spiel gegen Oberpursfeld brauche. Er ist einfach nicht fähig, einen Mord zu begehen."

„Wir haben Kevin Sievert wieder freigelassen. Der Verdacht gegen ihn hat sich nicht erhärtet."
Christian starrte sie an. Kevin war frei? Er wäre also beim letzten Spiel dabei? Das waren großartige Neuigkeiten. Jetzt konnten sie Fortuna Oberpursfeld schlagen.
„Wo waren Sie in der Nacht von Günther Müllers Tod?", fragte der kleine Dicke. „Gegen null Uhr."
Der Glückstaumel verflüchtigte sich. Was sollte diese Frage? Die beiden sahen plötzlich gar nicht mehr so sympathisch aus.
„Wo ich war?" Christian musste zuerst darüber nachdenken. „Ähem ... ich war spazieren!"
„Spazieren", wiederholte der Dicke tonlos. „Ist ja interessant. Gibt es Zeugen dafür?"
Er begann zu stottern. „Nein. Ich war ... Claudia war mit Freundinnen unterwegs. Ich bin alleine gewesen."
„Sie wurden gesehen. Im Steinbruch. Kurz vor Mitternacht."
Christian wurde blass. Das war nicht möglich.
„Was? Das ist eine Lüge!", rief er. „Ich war nicht im Steinbruch!"
Die Kommissare schwiegen. Nein, wirklich: Sie sahen überhaupt nicht mehr nett aus.

„Wer hat das gesagt?“, wollte Christian wissen.
„Ein Zeuge.“
„Ich will wissen, wer das gesagt hat! Unfassbar. Da will Sie jemand für dumm verkaufen!“
„Sie hatten einen ziemlichen Hass auf Günther Müller, nicht wahr?“, fragte die Kommissarin unterkühlt.
Er erinnerte sich, dass seine Lehrerin auch so eine Stimmlage hatte anschlagen können. Nämlich genau dann, wenn einer ihrer Schüler ein anstößiges Wort in den Mund genommen hatte.
„Ja, das schon“, sagte er. „Ich hab mich oft über Günni geärgert. Aber deswegen ermorde ich den doch nicht.“
„Sie leben für den Verein. Diese Saison ist überaus wichtig für Sie. Es ist fast eine Obsession, die Sie treibt. Ihre Mannschaft darf nicht wieder auf den letzten Tabellenplatz kommen. Und dann ist da noch Ihre Freundin Claudia. Sie haben Angst, Sie zu verlieren, wenn der Verein schlecht dasteht. Und vielleicht ist sie ja wirklich nur mit Ihnen zusammen, weil Sie der Trainer ihrer Lieblingsmannschaft sind.“
Woher wussten die beiden das? Mit einem Mal wurde Christian klar, was hier los war. Svenja. Sie hatte ihn

an die Bullen ausgeliefert, denn sie war diejenige, die alles über die Vereinsmitglieder wusste – auch über ihn. Die Frage war nur: Weshalb tat sie so etwas? Sie lebte doch genauso wie er für den Verein! Warum wollte sie, dass der Trainer in den Knast ging? Das machte alles keinen Sinn.
„Also noch mal von vorn", sagte der Dicke. „Sie waren also spazieren. Alleine."
Christian bemerkte, wie die beiden ihn wie zwei ausgehungerte Kröten betrachteten, vor deren Maul eine Mücke tanzte. Er begriff, dass Kevin wieder auf freiem Fuß war und fürs letzte, entscheidende Spiel aufgestellt werden konnte. Ob er selbst jedoch bei diesem Spiel dabei wäre, stand noch ziemlich in den Sternen.

Doch die Sterne meinten es gut mit ihm. Ein paar Tage später war Christian wieder auf dem Sportplatz. Fürs Erste war er auf freiem Fuß. Das bedeutete: Training.
Seine Jungs liefen motiviert an ihm vorbei aufs Spielfeld. Die Luft knisterte vor Spannung. Schließlich hatten sie nicht nur ein Unentschieden erkämpft, auch Oberpursfeld hatte am vorletzten Spieltag ver-

loren und keinen Punkt mehr geholt. Ihre Chancen stiegen. Und Kevin war ja wieder dabei. Er wirkte so unbekümmert, als wäre er statt im Knast ein paar Tage auf Mallorca gewesen. Christian warf sich einen Sack voller Bälle über die Schulter und folgte ihnen.

Die Polizei machte ihm zwar regelmäßig die Hölle heiß, weil die ihn für den Mörder hielt, aber sie konnte ihm nichts nachweisen. Die Leiche gab nicht viel her. Es stand ja nicht einmal fest, ob Günni Müller ermordet worden oder verunglückt war. Oben am Tatort dagegen gab es zwar viele Spuren, aber die meisten davon hatten nichts mit dem Mord zu tun. Kein Wunder, war der Steinbruch doch ein beliebtes Ziel für Wanderer und Ausflügler. Dadurch war die Spurenlage wie auf einem Grabbeltisch im Schlussverkauf, doch das half der Polizei kaum weiter. Nichts ließ sich mit der Tat in Verbindung bringen. Entweder brauchte sie also ein Geständnis oder sie musste etwas anderes aus dem Hut zaubern. Solange das nicht passierte, war er frei und konnte sich auf das Spiel am Sonntag konzentrieren.

„Heute üben wir Standardsituationen“, rief er. „Da darf nichts schiefgehen am Sonntag gegen Oberpursfeld. Standardsituationen, Zweikämpfe, Pässe. Ich schwöre euch, wenn einer unserer Stürmer am Sonntag wieder über den Ball stolpert, dann vergesse ich mich. Dieses eine Mal darf uns das nicht passieren."

Als sie auf den Platz liefen, wurde ihnen von der Tribüne aus zugejubelt. Ein paar hartgesottene Fans waren zum Training gekommen, um den Verein zu unterstützen. Mit Tröten, Hupen und lautstarken Olé-olé-Gesängen. Fehlte nur noch ein bengalisches Feuer. Wahrlich: Das waren echte Fans.

Christian wäre vor Rührung beinahe sentimental geworden, bis er Svenja unter ihnen entdeckte. Diese falsche Schlange. Er ließ die Bälle auf den Boden fallen.

„Jungs, zuerst drei Runden um den Platz", sagte er, und als die Spieler murrend losliefen: „Kevin, hast du da eine Flasche Bier in der Hand? Ich glaub es ja nicht! Kein Alkohol beim Training! Wie oft muss ich das noch sagen? Und wo wir schon dabei sind: Samstagabend wird nicht gefeiert, hörst du? Zumindest einmal im Jahr kannst du zu Hause bleiben und früh ins Bett gehen. Sonntag sind alle nüchtern!"

Dann machte er sich auf den Weg zur Tribüne. Svenja stand mit ein paar Freundinnen zusammen, die mit Vereinsschals wedelten und bedruckte Fan-Shirts trugen. Gerade wurde eine Flasche Sekt geköpft, alle waren in prächtiger Stimmung. Offenbar hatte Svenja ihn noch nicht bemerkt, denn als er plötzlich hinter ihr stand, wirkte sie ziemlich überrascht.

„Coach! Haben sie dich freigelassen? Das ist ja super!“

Das kam wirklich mehr als lahm. Sie war keine so gute Schauspielerin, wie er gedacht hatte.

„Das warst DU!“, fuhr er sie an. „Du hast mich bei den Bullen angeschwärzt!“

Svenjas Freundinnen wirkten ziemlich verdattert. Die Sektflasche schien für den Augenblick vergessen. Genauso wie die Fangesänge. Sie zog ihn eilig zur Seite.

„Tut mir leid, Coach, ehrlich“, sagte sie zerknirscht. „Das war nicht okay, ich weiß. Aber ich musste es tun.“

„Dann gibst du es zu? Du hast den Bullen gesagt, ich wäre im Steinbruch gewesen?“

„Ich musste doch Kevin aus dem Knast holen. Ich dachte, wenn die jemand anderen haben, lassen sie

ihn laufen. Und so war's ja auch! Was sollte ich denn machen? Ohne Kevin gewinnen wir nicht!"
Offenbar fand sie, dass sie ohne ihren Trainer durchaus gewinnen konnten.
„Du weißt hoffentlich, dass ich unschuldig bin."
„Na klar. Ich sag doch, es tut mir wirklich leid!"
Christian versuchte, nicht allzu getroffen zu sein. Er war nämlich vollauf der Meinung, dass auch er wichtig fürs Team war.
„Nichts mehr hinter meinem Rücken, verstanden?"
„Fest versprochen!"
Am liebsten hätte er Svenja gehörig den Kopf gewaschen. Oder sie zum Teufel geschickt. Dummerweise musste er sich das für später aufheben. Er brauchte sie nämlich noch.
Ob er ihren Worten trauen konnte, wusste Christian nicht. Doch das spielte nun keine Rolle.
„Was ist mit Fortuna Oberpursfeld? Hast du dich umgehört, ob vielleicht einer von denen Günni von da oben runtergestoßen haben könnte?"
„Ja, aber das kannst du vergessen. Keine Gerüchte, gar nichts. Die denken alle, wir wären das gewesen."
„Verdammt. Ich dachte, das würde uns vielleicht weiterbringen."

Wenn der Mörder jedoch nicht aus Oberpursfeld stammte, wurde Christian klar, wäre er womöglich tatsächlich in ihren Reihen zu suchen. Nicht ohne Grund stocherte die Polizei also bei ihnen herum.

„Leon und Jonas waren die Einzigen aus der Mannschaft, die du in der Mordnacht nicht nach Hause gefahren hast, Svenja? Also von Kevin einmal abgesehen …"

Die Frage war ihr sichtlich unangenehm. Sie begann sich zu winden. „Das hat bestimmt nichts zu bedeuten, Coach. Die sind nur von der Party verschwunden, um Kevin zu suchen. Aber sie haben ihn anscheinend nicht gefunden. Die kannst du also abhaken."

„Sie haben Kevin gesucht? Waren sie auch im Steinbruch?"

„Nein, Coach. Ich meine – ja, schon", stotterte Svenja. „Aber das ist nicht so, wie es aussieht. Das hat nichts zu bedeuten."

„Also doch! Sie waren dort!"

Das war mal eine Ansage.

„Und anstatt die vermutlich wahren Täter anzuschwärzen, beschuldigst du mich?", fragte er entrüstet. „Sind die beiden etwa wichtiger fürs Team als ich?"

Svenja blickte betreten zu Boden.
Christian fragte sich, ob die beiden für einen Mord infrage kämen. Jonas, der Werwolf, vielleicht. Aber sicher nicht Leon. Der war in der nächsten Saison wieder woanders. Soweit Christian wusste, hatte er nie mehr als zwei Saisons in einem Verein ausgehalten.
Das brachte ihn auf eine Idee.
„Sag mal, Svenja, Leon hat doch schon mal für Fortuna Oberpursfeld gespielt. Wann war das noch gleich?"
„Ist schon ein paar Jahre her und nur für eine Saison. Da soll es Ärger wegen seiner Freundin gegeben haben. Was da aber genau war ... keine Ahnung."
„Interessant. Genau so etwas hatte ich schon vermutet."
„Was meinst du damit?"
Christian ließ sie einfach stehen und kehrte zurück zu seinen Jungs. Obwohl die drei Runden noch nicht um waren, stand bereits ein Grüppchen neben der Aschenbahn und plauderte. Kevin war selbstverständlich mittendrin. Er zog gerade eine Schachtel Zigaretten aus seinem Stutzenstrumpf und bot den anderen eine an. Christian bemühte sich, das zu

ignorieren, und zog sich Leon und Jonas heraus, um sich mit ihnen ungestört in der Kabine unterhalten zu können.

Die beiden trotteten schweigend hinter ihm her, als wäre es ganz normal, dass er zwei Spieler aus dem Training nahm. Doch er schloss aus den Blicken, die sie wechselten, was los war. Im Umkleideraum hielt er sich deshalb auch nicht mit langen Vorreden auf.

„Ihr wart in der Nacht im Steinbruch“, sagte er.

„Bitte? Du meinst …? Ich, ähm. Also …“

„Willst du damit etwa sagen …?“

Volltreffer. Es stimmte also tatsächlich. Sein Gesicht verfinsterte sich.

„Wir wollten ihm nur eine Abreibung verpassen, Coach“, sagte Jonas. „Mehr nicht! Weil der gegen uns pfeift. Und weil er ein Arschloch ist!“

„Und du hast dich daran beteiligt“, wandte sich Christian zu Leon, „weil du auch noch eine Rechnung mit ihm offen hattest. Hat er deine Freundin belästigt? Damals, als du für Oberpursfeld gespielt hast?“

Leon starrte ihn an. „Woher weißt du das?“

„Ich habe es nur geahnt. Günni hatte ja immer mal wieder Stress mit den Leuten im Verein. Aber keiner

hat was gesagt, weil er nun einmal Schiri war und verlässlich für Oberpursfeld gepfiffen hat." Er verschränkte die Arme. „Aber ein Mord? Seid ihr völlig wahnsinnig geworden?"
„Wir waren das nicht!"
Die Empörung war aufrichtig. Die beiden starrten ihn fassungslos an, wie er so etwas von ihnen denken konnte.
„Ihr habt ihn sicher nicht absichtlich vom Abhang gestoßen ..."
„Nein, wir haben ihn überhaupt nicht vom Abhang gestoßen! Weil wir ihn gar nicht getroffen haben. Wir wollten ihn uns vorknöpfen, aber er war plötzlich weg!"
„Was meint ihr damit?"
„Es war Kevins Idee, ihm ein bisschen Angst einzujagen, damit er neutral pfeift. Er sollte nur eine Abreibung bekommen. Wir sind von der Landjugendparty zu Günni Müllers Haus gegangen. Erst wollten wir ein Fenster einwerfen oder so was. Jedenfalls sahen wir ihn auf einmal auf der Straße den Weg zum Steinbruch einschlagen. Wir also hinter ihm her, aber ... wir hatten halt ziemlich viel intus. Irgendwie haben wir ihn verloren. Und dann

war auch noch Kevin weg und wir sind wieder abgezogen."
„Aber heißt das … Kevin war das doch? Er hat ihn gestoßen?"
„Ganz ehrlich, Coach. Kevin war viel zu betrunken. Der hätte keine Bierflasche mehr von der Klippe gestoßen. Geschweige denn einen nüchternen Mann."
„Das hat Dominic ja auch schon gesagt. Aber was denkt ihr, was passiert ist? Einer muss es doch gewesen sein."
„Vielleicht war es ja ein Unfall. Günni Müller war einfach im Steinbruch spazieren und weil er im Dunkeln den Abhang nicht gesehen hat, ist er ausgerutscht und abgestürzt."
Christian bezweifelte das. Er ging ebenfalls gerne abends spazieren. Das hatte er sich so angewöhnt, als er noch einen Hund hatte. Nachdem der gestorben war, hatte Christian einfach weitergemacht mit den Spaziergängen. Aber niemals wäre er auf die Idee gekommen, nachts in den Steinbruch zu gehen. Das war doch total gruselig. Nein, es musste einen anderen Grund gegeben haben, weshalb Günni Müller mitten in der Nacht dort gewesen war.
Christian kehrte zum Sportplatz zurück.

Eine hagere ältere Frau im Businesskostüm und mit deutlich zu viel Studiobräune stöckelte ihm entgegen. Es war Frau Krüger. Für ihn gab es nichts Seltsameres, als sie und ihren Mann gemeinsam zu sehen. Ein übergewichtiger Bulle und eine dürre Bergziege. Es sah immer so aus, als würde Krüger seiner Frau im Stall das ganze Heu wegfressen.

„Ist mein Mann hier?", begrüßte sie ihn. „Ich suche ihn überall."

„Ich glaube nicht. Aber sehen Sie mal auf der Tribüne nach. Es sind eine Menge Fans da."

„Er muss sich doch bei mir abmelden!", wetterte sie. „Was denkt er sich nur? Na, der kann was erleben."

Christian wollte sich verabschieden, doch sie hielt ihn zurück.

„Ich habe übrigens gehört, dass die Polizei Sie verdächtigt. Das tut mir leid. Ich hoffe, dieses Missverständnis kann bald aus der Welt geräumt werden."

„Davon gehe ich aus! Wie Sie sehen – ich bin auf freiem Fuß."

„Aber warum haben Sie nicht gesagt, dass Sie in der Tatnacht mit meinem Mann zusammen waren? Dann hätten Sie doch viel weniger Ärger am Hals."

„Wie bitte?", fragte Christian ziemlich perplex.

„Na, Sie waren doch mit meinem Mann einen trinken. In der Nacht, in der dieser Schiedsrichter umgekommen ist. Das hat er mir jedenfalls erzählt."

Krüger war nicht auf der Tribüne und auch nicht auf dem Sportplatz. Stattdessen fand ihn Christian in der Dorfkneipe, wo er am Spielautomaten hockte und ein Bier trank. Als er Christian entdeckte, strahlte er übers ganze Gesicht.
„Was meinst du? Es sieht doch gut aus für Sonntag!", verkündete er. „Kevin ist natürlich super, aber auch Leon war in dieser Saison nicht schlecht. Ich rede noch mal mit ihm, was den Vereinswechsel angeht. Vielleicht kann ich ihn überzeugen, dass er bei uns bleibt." Er lachte schallend. „Du weißt ja, diese jungen Leute brauchen immer Geld."
Er bemerkte Christians eingefrorenen Gesichtsausdruck und stockte.
„Was ist los? Ist was passiert?"
„Warst du in der Tatnacht im Steinbruch?"
Krüger wurde aschfahl. Kurz bäumte er sich auf, wahrscheinlich um alles zu leugnen und wild herumzuschreien, sackte dann aber wieder in sich zusammen. Es hatte ja doch keinen Zweck.

„Zwei Korn, aber dalli", rief er dem Wirt zu.
Kurz darauf kamen die Schnäpse, sie stießen an und kippten sie hinunter.
„Meine Frau ist an allem schuld", sagte Krüger matt. „Wenn sie nicht gewesen wäre, dann ..."
„Deine Frau? Was hat die mit der Sache zu tun? Die interessiert sich doch nicht mal für Fußball."
„Das ist es ja! Ich musste ihr versprechen, dass wir den Verein nicht mehr sponsern, wenn wir in dieser Saison wieder auf dem letzten Tabellenplatz landen. Die Firma investiert viel Kohle in den Verein. Was ja gut ist! Aber für sie ist das sinnlos ausgegebenes Geld für so eine ‚Loser-Truppe'. Das hat sie wortwörtlich gesagt! Außerdem musste ich ihr versprechen, den Vorstandsposten im Verein aufzugeben, wenn das so weitergeht. Sie hat mir regelrecht die Pistole auf die Brust gesetzt. Ich dachte mir, mit Kevin und Leon würden wir das hinbekommen und uns den vorletzten Platz schnappen, und dann wäre alles in Ordnung. Es war ja auch unsere beste Saison seit Jahren. Aber dieser Scheißschiri hätte uns den Garaus gemacht!"
„Also hast du ihn gleich *ausgeschaltet*?", fragte Christian verwirrt.

„Ich wollte ihn doch nicht umbringen. Nur bestechen. Ich hätte ihm eine Menge Geld dafür gegeben, bei den letzten beiden Spielen gegen Oberpursfeld zu pfeifen. Was denkst du denn von mir?“
„Aber er wollte sich nicht bestechen lassen?“
„Keine Spur! Er hat mich verhöhnt: *Wir feiern in zwei Wochen, euch hinter uns zu lassen. Dafür sorge ich!* Das hat er gesagt. Ich hab ihn nur ein bisschen geschubst, Christian! Das war ganz unglücklich mit der Klippe. Es war halt dunkel. Ich hab die nicht gesehen. Und auf einmal war er weg! Dann bin ich schnell abgehauen …“
Hatte Krüger den Schiedsrichter wirklich schmieren wollen? Oder war das nur ein Vorwand gewesen, um ihn in den Steinbruch zu locken? Für Christian roch das Ganze sehr nach einer Art Abseitsfalle, auch wenn er das nicht beweisen konnte. Doch was immer auch Krügers ursprüngliche Idee gewesen war, Fairplay hatte dabei keine Rolle gespielt.
„Ich hab das doch nur für den Verein getan. Es war ein Unfall! Meine Frau wollte, dass der FC Unterpursfeld sich selbst überlassen bleibt und ich nicht mehr dabei bin.“
Er wirkte nun regelrecht verzweifelt. „Verstehst du

nicht, Christian? Ich kann ohne den Verein nicht leben."

Vor dem entscheidenden Spiel gegen Fortuna Oberpursfeld hatte Christian kaum geschlafen. Er hoffte, dass seine Jungs weniger nervös waren als er. Heute ging es nämlich um alles. Er fragte sich: Waren seine Jungs bereit, Geschichte zu schreiben?
Es war nicht ihr erstes Auswärtsspiel in Oberpursfeld und der Empfang war alles andere als herzlich. Doch es war ein riesiger Fanblock mit ihnen angereist, der dem Lärm der Einheimischen etwas entgegensetzte. In der Kurve von Unterpursfeld war die Hölle los. Zwischen den hereinströmenden Fans tauchte Claudia auf. Sie schob sich eilig durch die Menschenmenge und drückte Christian einen Kuss auf die Lippen. „Wir kriegen das hin, Schatz", sagte sie und verschwand wieder. Christians Herz klopfte wie wild. Wenn sie gewännen, würde er ihr einen Heiratsantrag machen. Hier auf dem Spielfeld. Falls er nicht im letzten Moment einen Rückzieher machte. Was, wenn Claudia ihm einen Korb gab? Allein bei dem Gedanken wurde ihm schlecht. Aber im Siegesrausch würde sicher

auch der nötige Mut da sein. Das hoffte er jedenfalls …
Krüger tauchte ebenfalls auf. Er wirkte wie ein geschlagener Boxer. Christian hatte noch nicht entschieden, ob er zur Polizei gehen würde. Die Sache war kompliziert. Krüger hatte aus Liebe zum Verein gehandelt. Der FC Unterpursfeld war nun einmal seine ganze Leidenschaft. Wer wollte ihn dafür beschuldigen?
Die Jungs marschierten aufs Spielfeld. Eine stolze Truppe. Eilig zog er Kevin zur Seite.
„Bist du nüchtern?“, fragte er.
„Na klar, Coach. Heute ist ernst. Ich hab’s verstanden.“
Christian zögerte. Dann gab er ihm rasch eine Flasche Bier.
„Hier. Trink das, Kevin. Beeil dich!“
Besser, er wechselte nicht im letzten Spiel die Strategie. Falls Kevin am besten spielte, wenn er schon einen sitzen hatte, dann würde Christian das heute nicht infrage stellen.
Kurz darauf folgte der Anpfiff. Dominic sollte den Auftakt machen, stolperte jedoch, fiel neben den Ball, der daraufhin den Gegnern zufiel, die ihn mit

drei schnellen Pässen in den Strafraum beförderten – und Tor. 1:0 für Fortuna Oberpursfeld.
Die Ränge standen kopf. Im Lärm hätte Christian beinahe Manfred Voigt übersehen, der hinter ihm erschienen war. Er trug Zivil, was bedeutete, dass er privat hier war und einfach nur das Spiel sehen wollte.
„Hey, Christian. Ich drück euch die Daumen. Nur ganz kurz, damit du Bescheid weißt: Die Ermittlungen sind eingestellt worden."
„Wie – eingestellt? Ihr habt den Mörder?"
„Nein, wahrscheinlich gibt es auch gar keinen. Es gibt keine Hinweise auf Fremdverschulden. Keine Kampfspuren, nichts. Wir haben nur ein paar Hautschuppen auf Günni Müllers Jacke gefunden. Aber die konnten niemandem zugeordnet werden. Und ganz ehrlich, die können auch von überallher stammen. Sein Tod wird wohl als Unfall in die Akten eingehen."
Manfred schien zu warten, ob Christian noch etwas hinzufügen würde. Weil das nicht passierte, sagte er: „Wie auch immer … Wir sehen uns. Hoffentlich bei einer Siegesfeier." Und verschwand in Richtung Tribüne.

Christian fühlte sich mies. Er hatte geschwiegen. Der Moment der Wahrheit war vorüber und irgendwie wusste er, dass er damit eine Entscheidung getroffen hatte. Er würde Krüger nicht ans Messer liefern. Eine Weile lang war er unkonzentriert, obwohl das Spiel weiterlief und es für Unterpursfeld nicht gut aussah. In der gegnerischen Fankurve wurden bereits die *FC-Bayern-Pussy*-Gesänge angestimmt. Seine Jungs drohten die Nerven zu verlieren.

In der Halbzeitpause versuchte es Christian mit seiner üblichen Motivationsrede, aber heute drang die Botschaft nicht richtig zu ihnen durch. Der Schiri kam mit einer Bratwurst in der Hand aufs Feld zurück und pfiff die zweite Halbzeit an. Es wurde nicht besser: Ein böses Foul im Strafraum von Oberpursfeld, das nur deshalb zu keinem Elfmeter wurde, weil der Schiri völlig außer Atem war und wieder einmal nichts gesehen hatte. Christian wollte daraufhin Dominic auswechseln, aber sein Ersatzspieler war verschwunden. „Der ist eine rauchen gegangen“, hieß es. Kurz darauf stießen Leon und Kevin jedoch in den Strafraum von Oberpursfeld vor. Wie aus dem Nichts entstand eine Torchance.

Und … Ausgleich! Die Fanränge tobten.
„Ihr bekommt zehn Kisten Bier, wenn ihr gewinnt", brüllte Christian außer sich vor Begeisterung. „Jetzt konzentrieren! Flach spielen, hoch gewinnen!"
In der 89. Minute passierte es: Der Ball prallte gegen den Pfosten von Oberpursfeld, traf erst einen Abwehrspieler am Kopf, danach den Torwart an der Schulter und dann: Eigentor. 2:1 für den FC Unterpursfeld.
Eine Nachspielzeit gab es nicht, weil der Schiri erschöpft war und sich hinsetzen musste. Also Abpfiff. Unterpursfeld hatte es geschafft!
Die Fans stürmten das Spielfeld. Bengalos flammten auf. Svenja grub den Elfmeterpunkt aus dem Rasen. Überall laute Gesänge. Weder textsicher noch sauber in der Melodie, aber so unfassbar laut, dass Christian nur denken konnte: „Gänsehaut. Mehr geht nicht."
Claudia rannte auf ihn zu und fiel ihm in die Arme. So leidenschaftlich hatte er sie selten erlebt. Sie lachte und weinte und zitterte am ganzen Körper. Nun war seine Stunde gekommen. Er nahm seinen ganzen Mut zusammen. Jetzt würde er sie fragen.

„Ach, Christian", sagte sie und bedeckte sein Gesicht mit Küssen. Sie fiel vor ihm auf die Knie: „Willst du mich heiraten?"
Das entsprach zwar nicht seinem ursprünglichen Plan, aber er wollte ja nicht kleinlich sein. Also riss er sie an seine Brust und sagte *Ja*.
Der Applaus hatte sich kaum gelegt, da entdeckte er Krüger zusammen mit Leon an der Seitenlinie. Er legte dem Spieler den Arm um die Schulter und sprach beschwörend auf ihn ein. Er wollte ihn für die nächste Saison einkaufen. Ihm ein paar Scheine zustecken. Sollte er ruhig. Christian hatte nichts dagegen.
Doch dann sah er, wie Leon entschlossen den Kopf schüttelte und sich von Krügers Umarmung befreite. Das sah ziemlich definitiv aus. Also würde wohl nichts aus einer zweiten Saison werden.
„Hey, Coach", sagte Kevin. „Krüger spendiert eine Party in der Dorfkneipe. Mit Freibier für alle. Einen Grill will er auch aufstellen."
„Ach, wirklich?", fragte Christian.
Er beobachtete, wie der Wurstfabrikant Leon hinterherschaute. Sein Blick war eiskalt und voller Hass. Es sah nicht so aus, als würde er die Abfuhr auf sich

sitzen lassen wollen. Ob Günni Müller diesen Blick auch gespürt hatte? Christian machte sich plötzlich Sorgen um Leon.
„So ist Krüger halt“, sagte Kevin und strahlte übers ganze Gesicht. „Er macht einfach alles. Das nennt man dann wohl: ein Leben für den Verein!“